ROGÉRIO ANDRADE BARBOSA

Ilustrações
MAURÍCIO VENEZA

A CABAÇA QUE CAIU NA CABEÇA DO PROFESSOR

UM CONTO ACUMULATIVO DE ZANZIBAR

Paulinas

Dados Internacionais de Catalogação na Publicação (CIP)
Angélica Ilacqua CRB-8/7057

Barbosa, Rogério Andrade
   A cabaça que caiu na cabeça do professor : um conto acumulativo de Zanzibar / Rogério Andrade Barbosa ; ilustrações de Maurício Veneza. - São Paulo : Paulinas, 2025.
   48 p. : il. color. (Coleção Árvore falante)

   ISBN 978-65-5808-340-5

1. Literatura infantojuvenil 2. Cultura africana - Contos I. Título II. Veneza, Maurício III. Série

25-0054 CDD 028.5

Índice para catálogo sistemático:
1. Literatura infantojuvenil

1ª edição – 2025

Direção-geral: *Ágda França*
Editora responsável: *Andréia Schweitzer*
Coordenação de revisão: *Marina Mendonça*
Copidesque: *Ana Cecília Mari*
Revisão: *Mônica da Costa*
Gerente de produção: *Felício Calegaro Neto*
Produção de arte: *Elaine Alves*
Ilustrações: *Maurício Veneza*

Nenhuma parte desta obra poderá ser reproduzida ou transmitida por qualquer forma e/ou quaisquer meios (eletrônico ou mecânico, incluindo fotocópia e gravação) ou arquivada em qualquer sistema ou banco de dados sem permissão escrita da Editora. Direitos reservados.

Cadastre-se e receba nossas informações
paulinas.com.br
Telemarketing e SAC: 0800-7010081

Paulinas
Rua Dona Inácia Uchoa, 62
04110-020 – São Paulo – SP (Brasil)
(11) 2125-3500
editora@paulinas.com.br
© Pia Sociedade Filhas de São Paulo – São Paulo, 2025

NOTA DO AUTOR

Os contos nos quais os fatos e as ações se desenrolam numa sequência acumulativa que parece não ter fim, semelhantes a tantos outros em muitas partes do mundo, são bastante populares também entre as crianças dos diversos povos do continente africano. Esse tipo de narrativa, em que todas as coisas, objetos e personagens, humanos ou não, são dotados de fala, inteligência, emoção e razão, requer, além da habilidade do contador de histórias, a atenção e a memorização do público para que não se perca ou esqueça algum detalhe da mirabolante trama, como esta que eu reescrevi, ambientada na ilha de Zanzibar, Tanzânia. Um lugar mágico que tive o prazer de conhecer em uma de minhas andanças em busca de histórias tradicionais pelo continente africano.

Quase todas as noites era a mesma cena. Sob o clarão da lua e das estrelas, piscando umas para as outras num eterno namoro, um bando de crianças chegava, aos poucos, para escutar as histórias de um ancião de barba tão branca quanto a espuma das ondas do mar.

— Quem me contou sobre a busca de um culpado pela queda de uma cabaça na cabeça de um professor — explicou o idoso narrador para a garotada amontoada ao seu redor — foi uma avó, que a ouviu da bisavó, que, por sua vez, a escutou da trisavó, que a herdou da tataravó que foi trazida para Zanzibar na época em que os árabes mandavam e desmandavam em nossa ilha.

Não havia, na opinião das crianças, um contador de histórias tão cativante quanto ele. Sabia como ninguém prender a atenção de seus pequenos ouvintes. Enquanto narrava, era como se seu corpo falasse também. Os gestos de suas mãos, as expressões faciais no rosto enrugado e os diferentes tons de voz que usava para dar vida aos personagens de cada conto o tornavam inigualável.

Os meninos e meninas, noite após noite, se encantavam com as proezas de *Keema*, o macaco, que, graças a sua astúcia, escapava de ser comido por *Papa*, o feroz tubarão. Vibravam também com as aventuras de *Soongoora*, a saltitante lebre que vencia animais maiores e mais fortes do que ela, como *Simba*, o poderoso leão, ou *Feesee*, a insaciável hiena. Não havia quem não tremesse ao ouvir o nome de *Neeoka Mkoo*, a terrível serpente de sete cabeças. E quem não se assustasse com o ameaçador *Noondah*, o gigante devorador de seres humanos.

— Se quer saber o final, preste atenção no começo — era uma das frases favoritas do veterano contador de histórias.

Ele gostava de pregar sobre o respeito que os mais jovens devem demonstrar pelos mais velhos e, principalmente, por seus professores. Por isso, nunca se cansava de repetir um dos provérbios de seu amplo repertório:

— Só se levanta para ensinar aquele que sentou para aprender.

Um dos meninos, ansioso, pediu:

— Conte logo a história sobre a cabaça que caiu na cabeça do professor!

E foi o que o mestre das palavras fez...

Um professor que dava aulas embaixo de uma árvore foi atingido por uma cabaça, quando *Paa*, a silenciosa gazela, em busca de folhas para comer, sacudiu um dos galhos, provocando a queda do fruto do tamanho de uma bola.

Ah, foi uma correria e uma gritaria só, ao mesmo tempo que a culpada, sem que ninguém percebesse sua presença, fugia velozmente pelo mato afora.

A princípio, todos pensaram que o estrago tivesse sido causado pelo quadro negro pregado no tronco da grande cabaceira. Mas mudaram de ideia ao ver que a lousa permanecia no mesmo lugar.

Para felicidade geral, o professor não se machucou muito. Porém, as aulas tiveram que ser suspensas, enquanto o mestre se recuperava da pancada que levara na cabeça.

Os alunos, inconformados, resolveram descobrir o responsável pelo acidente.

— A culpa, com certeza, foi de *Koosee*, o vento — foi a conclusão a que chegaram.

Decididos a apurar o mistério, apontaram os braços para o alto e questionaram *Koosee*, o vento, que passava naquele instante levantando poeira para tudo quanto era canto:

— Foi você que derrubou a cabaça que machucou o professor?

O dono dos ares parou de assobiar e questionou:

— Quem foi que disse isso?

— Deve ter sido, sim, pois só alguém tão forte como o senhor seria capaz de sacudir os galhos da árvore.

— Se eu fosse tão poderoso como pensam, não seria detido por *Keeyambaaza*, a muralha que cerca a aldeia. Toda vez que tento atravessá-la, não consigo passar. Portanto, ela tem muito mais força do que eu.

As crianças, então, dirigiram-se à muralha de barro que protegia a comunidade contra o ataque dos animais selvagens.

— O que vocês desejam? — perguntou *Keeyambaaza* ao ver o grupo de meninos e meninas se aproximando.

— Foi você, *Keeyambaaza*, que parou *Koosee*, o vento, que derrubou a cabaça que machucou o professor?

Keeyambaaza deu uma risada e falou:

— Se eu fosse impenetrável, não seria furada por *Paanya*, o rato.

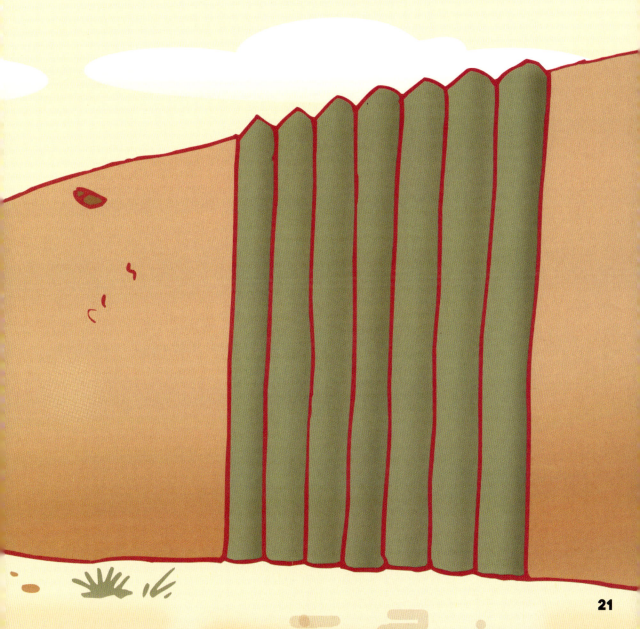

Os jovens detetives partiram à procura do rato. Encontraram o pequeno roedor no momento em que ele retornava a sua toca.

— O que vocês desejam? — quis saber *Paanya*, ao se ver encurralado pelo agitado grupinho.

— Foi você, *Paanya*, que furou *Keeyambaaza*, a muralha, que parou *Koosee*, o vento, que derrubou a cabaça que machucou o professor?

— Se eu fosse isso tudo que imaginam, não me assustaria com *Paaka*, o gato.

A garotada, esbaforida, sem perda de tempo, saiu em busca do gato que costumava zanzar pelo teto das cabanas.

Com o auxílio de uma corda, depois de várias tentativas, o ágil bichano foi laçado.

— Foi você, *Paaka*, que assustou *Paanya*, o rato, que furou *Keeyambaaza*, a muralha, que parou *Koosee*, o vento, que derrubou a cabaça que machucou o professor?

— Eu!? Se fosse verdade o que dizem, eu não seria amarrado por *Kaamba*, a corda.

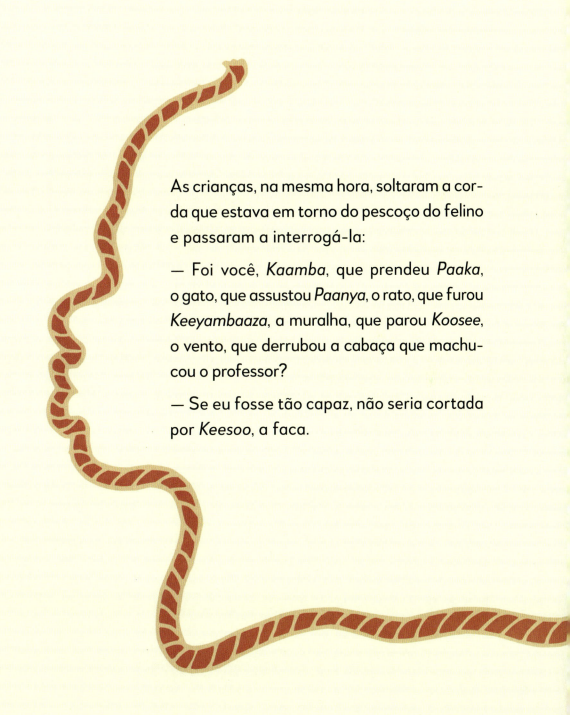

As crianças, na mesma hora, soltaram a corda que estava em torno do pescoço do felino e passaram a interrogá-la:

— Foi você, *Kaamba*, que prendeu *Paaka*, o gato, que assustou *Paanya*, o rato, que furou *Keeyambaaza*, a muralha, que parou *Koosee*, o vento, que derrubou a cabaça que machucou o professor?

— Se eu fosse tão capaz, não seria cortada por *Keesoo*, a faca.

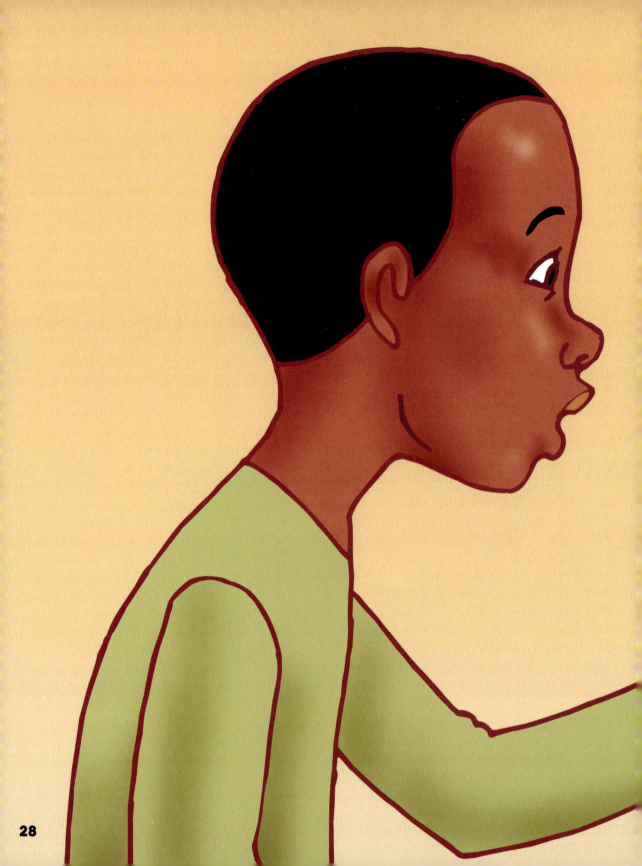

Um dos meninos logo localizou a faca caída no chão.

— Foi você, *Keesoo*, que cortou *Kaamba*, a corda, que prendeu *Paaka*, o gato, que assustou *Paanya*, o rato, que furou *Keeyambaaza*, a muralha, que parou *Koosee*, o vento, que derrubou a cabaça que machucou o professor?

— Se eu fosse invencível, não seria derretida por *Moto*, o fogo.

Os pequenos investigadores não desistiram. Correram ao local onde as mulheres costumavam cozinhar ao ar livre e perguntaram às chamas que aqueciam as panelas:

— Foi você, *Moto*, que derreteu *Keesoo*, a faca, que cortou *Kaamba*, a corda, que amarrou *Paaka*, o gato, que assustou *Paanya*, o rato, que furou *Keeyambaaza*, a muralha, que parou *Koosee*, o vento, que derrubou a cabaça que machucou o professor?

— Mais poderosa é *Maajee*, a água que é jogada em cima de mim para me apagar — declarou *Moto*.

As crianças pegaram um dos baldes que as moças da aldeia haviam enchido com a água de um rio e perguntaram:

— Foi você, *Maajee*, que apagou *Moto*, o fogo, que derreteu *Keesoo*, a faca, que cortou *Kaamba*, a corda, que amarrou *Paaka*, o gato, que assustou *Paanya*, o rato, que furou *Keeyambaaza*, a muralha, que parou *Koosee*, o vento, que derrubou a cabaça que machucou o professor?

— Se eu possuísse tal magia — retrucou *Maajee* —, não seria bebida por *N'gombay*, o boi.

Todos, sem perda de tempo, rumaram para o curral e perguntaram ao boi que eles levavam todos os dias de manhã para pastar.

— Foi você, *N'gombay*, que bebeu *Maajee*, a água, que apagou *Moto*, o fogo, que derreteu *Keesoo*, a faca, que cortou *Kaamba*, a corda, que amarrou *Paaka*, o gato, que assustou *Paanya*, o rato, que furou *Keeyambaaza*, a muralha, que parou *Koosee*, o vento, que derrubou a cabaça que machucou o professor?

— Se eu tivesse tanto poder, não seria atormentado por *Eenzee*, a mosca, que pousa em mim todos os dias.

E lá se foram as crianças à cata de uma das moscas que viviam atormentando os bichos e as pessoas.

— Foi você, *Eenzee*, que pousou em *N'gombay*, o boi, que bebeu *Maajee*, a água, que apagou *Moto*, o fogo, que derreteu *Keesoo*, a faca, que cortou *Kaamba*, a corda, que amarrou *Paaka*, o gato, que assustou *Paanya*, o rato, que furou *Keeyambaaza*, a muralha, que parou *Koosee*, o vento, que derrubou a cabaça que machucou o professor?

— Se eu tivesse tamanha capacidade, não seria espantada pela cauda de animais como *Paa*, a gazela. Ela é que gosta de se erguer nas patas traseiras para comer as folhas das árvores.

— E agora? — perguntou uma menina. — *Paa* corre mais rápido do que qualquer um de nós.

— Já sei! — disse um garoto que era filho do caçador da aldeia.
— Vamos fazer uma armadilha para capturá-la.

Os alunos, então, correram até a floresta em torno da aldeia, cavaram um buraco profundo no chão e o encobriram com folhas de palmeiras.

O truque deu certo. Tanto que, na manhã seguinte, os caçadores encontraram *Paa* presa dentro da cova.

— Foi você, *Paa*, que espantou *Eenzee*, a mosca, que pousou em *N'gombay*, o boi, que bebeu *Maajee*, a água, que apagou *Moto*, o fogo, que derreteu *Keesoo*, a faca, que cortou *Kaamba*, a corda, que amarrou *Paaka*, o gato, que assustou *Paanya*, o rato, que furou *Keeyambaaza*, a muralha, que parou *Koosee*, o vento, que derrubou a cabaça que machucou o professor?

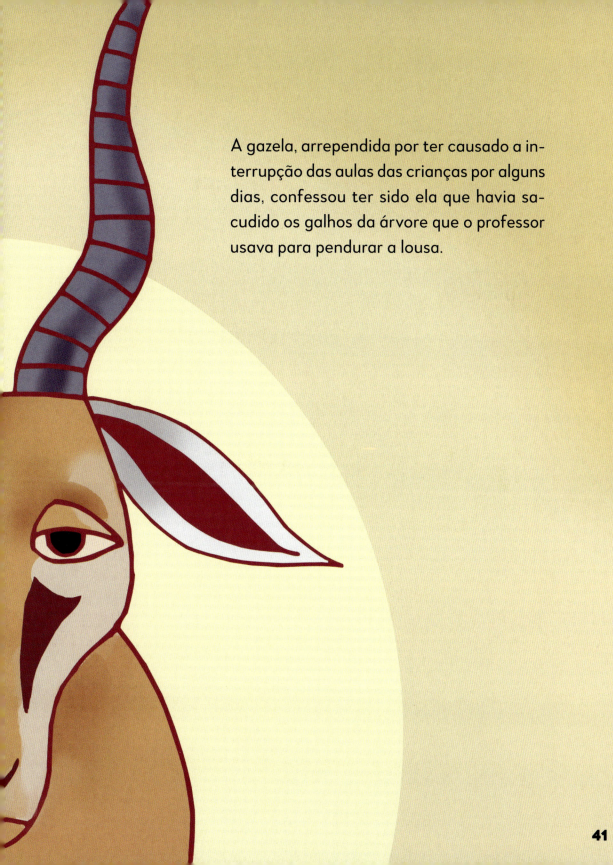

A gazela, arrependida por ter causado a interrupção das aulas das crianças por alguns dias, confessou ter sido ela que havia sacudido os galhos da árvore que o professor usava para pendurar a lousa.

— Peço desculpas! Não tive a intenção de machucar o professor de vocês. Prometo que daqui em diante terei mais cuidado.

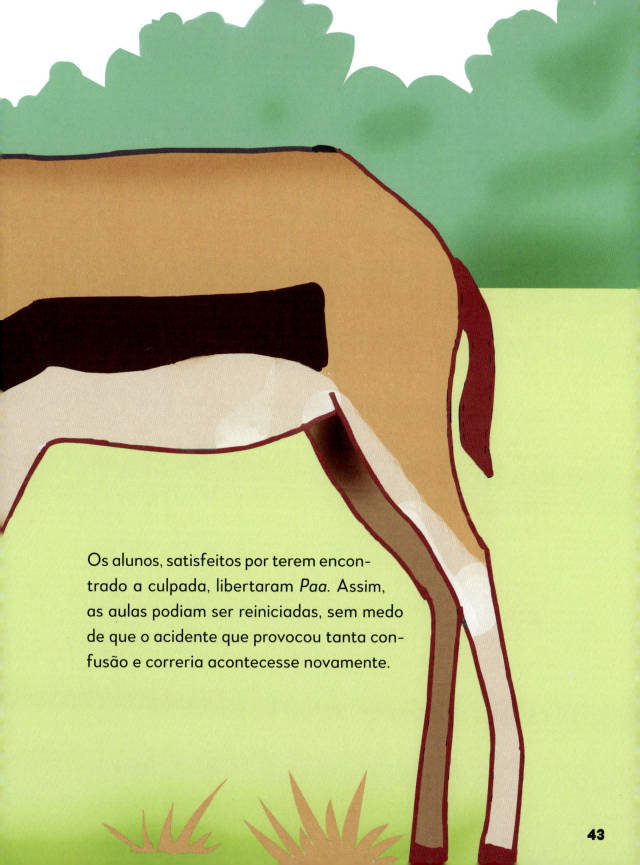

Os alunos, satisfeitos por terem encontrado a culpada, libertaram *Paa*. Assim, as aulas podiam ser reiniciadas, sem medo de que o acidente que provocou tanta confusão e correria acontecesse novamente.

— E foi desse modo que os meninos e as meninas iguais a vocês solucionaram o problema — encerrou o contador. — Será que alguém aqui consegue recontar esta história amanhã? — desafiou, antes de se despedir da meninada em torno da fogueira.

E você, leitor, é capaz de reproduzir a sequência deste conto, sem errar nem esquecer um detalhe sequer?

MAURÍCIO VENEZA nasceu em Niterói, cidade que já foi capital do Rio de Janeiro e que hoje é mais conhecida pelo Museu de Arte Contemporânea. Depois de ter passado pela publicidade, por desenhos de humor e histórias em quadrinhos, passou a dedicar-se com exclusividade aos livros para crianças e jovens, como escritor e ilustrador. Livros com seus textos e/ou imagens já receberam distinções, como o selo Altamente Recomendável da FNLIJ, e também prêmios, como o da Academia Brasileira de Letras e da revista *Crescer*. Muitos também foram incluídos em programas de leitura, como o PNBE e o PNLD. Entre obras escritas ou ilustradas, são mais de cento e cinquenta títulos publicados. Ele é também um dos fundadores da Associação de Escritores e Ilustradores de Literatura Infantil e Juvenil (AEILIJ), entidade que reúne os profissionais do gênero no país. Para conhecer mais sobre o ilustrador, visite: <mauricioveneza.wixsite.com/site>.

 **ROGÉRIO ANDRADE BARBOSA** é escritor, palestrante de oficinas, contador de histórias e professor de Literaturas Africanas. Tem dedicado boa parte de sua carreira literária ao estudo da literatura oral do continente africano, sempre apoiado em sua experiência como professor na Guiné-Bissau e nas constantes pesquisas em muitas nações do continente irmão. No decorrer de trinta e sete anos como autor de literatura infantil e juvenil, publicou mais de cem livros. Alguns deles foram traduzidos e editados em vários países, como Alemanha, Espanha, Dinamarca, Suécia, Estados Unidos, México, Colômbia, Argentina, Haiti e Gana. Entre os vários prêmios recebidos, destaca-se o da Academia Brasileira de Letras (ABL), em 2005.

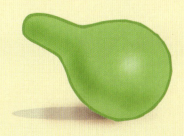

Rua Dona Inácia Uchoa, 62
04110-020 – São Paulo – SP (Brasil)
Tel.: (11) 2125-3500
paulinas.com.br – editora@paulinas.com.br
Telemarketing e SAC: 0800-7010081